一隻狗的遺囑

The Last Will and Testament of
an Extremely Distinguished Dog

中英雙語典藏版

尤金·歐尼爾（Eugene O'Neill）—— 著
李漢昭——譯 劉慰慈——繪

◂ 延伸閱讀 ▸

伊凡·屠格涅夫〈木木〉

晨星出版

目次

導讀

深情的永遠

現為知名出版社總編／朱亞君

　　不知道那一天是什麼時候來的，在夏天黃昏灑滿斜陽的草地上，還是初秋微涼的晚風裡，我的朋友 —— 小牛，突然不再像從前那樣英姿煥發地奔馳在河堤。

　　牠還是在該出去散步的週六上午，奮力地拖著狗鍊把我們帶向河堤；牠還是昂首闊步地在解開鏈鎖的那一刻，火箭一般地飛奔而去；牠還是興奮地隨著草浪跳躍，神氣地回首看顧著我……但是牠的體力大不如前了，兩番衝刺，牠已是氣

喘吁吁，不是臥倒在草地上休息，便是垂著頭散步。

　　我努力思索著那一天，大概有半年的時間了吧，以往回到家，總是在轉動鑰匙之前，牠已經用嘶嘶的鼻息在門縫中與我們打招呼，門才開了一半，牠便又跳又叫地撲跳著，彷彿訴說著一天在家中的寂寞與委屈，並且熱烈地歡迎；但現在不是了，往往我打開了門，連聲呼喚著牠的名字，小牛這才從小窩中探出頭來，然後徐徐地走向我，緩緩地左右搖著牠的尾巴。

　　有很長一段時間，我以為那是抗議，抗議我們給牠的關心不夠，抗議我總是在牠跳到我身上、趾爪劃破我的絲襪之後，高聲地喝斥牠，所以不願來迎接我們。後來我才

發現：牠真的老了。牠是因為聽力嗅覺都不如從前了，才不知道主人已經到了家門口。

「小牛老了。」這句話像是一記警鐘。

我們知道世界會老、山會老、樹會老、朋友會老，但是很難想像好似前幾天才剛從狗媽媽那裡帶回來剛斷奶的小狗，牠微張著眼睛在你的懷裡鑽動，用初生的小牙啃著你的手指頭，而今天牠居然會在你面前老去，以加快的速度老去並且面對死亡。

從豢養牠的第一天開始，我們不就在準備這一天麼？這是養狗的人一定要有的心理建設，因為牠遲早會先一步離開你。

我所不知道的是，感情的割捨是不能夠想像、也不能夠準備的。

縱然預知了一切，但是當牠不再神氣、輕易地就從日常舉動中顯出老態，甚至幾次從熟睡的牠身邊走過，牠不像年輕時那樣容易驚醒，反而像個嬰兒般沉睡時，我疼惜地看著牠，心中浮起的是越來越接近失去牠的恐懼。

　　我常常想著：若不是有這一隻狗，我們的生活將會多麼無趣？每星期一次，牠帶我們去河堤草原上親近大自然；吃晚餐的時候，是因為有牠的虎視眈眈，讓餐點變得更為可口；無聊的時候，牠撓撓耳朵翻開個大肚皮，逗你開心；沮喪的時候，牠窩心地蹲在腳邊，告訴你一個人並不孤單；假日在家裡隨意走動，牠總是一雙晶亮的眼睛望著你，搜尋著任何一個牠可以參與的環節，把所有的時間獻給了你；有哪一種動物能夠

像狗這樣，無私地把自己完全奉獻給你、聆聽你心裡的聲音、體察你細微的情緒？

然而這樣的貼心，牠仍注定了要離開我們。

為了這最後的一天，我曾做過無數次的排演。牠可能得了心臟病、糖尿病或是中風，病痛讓牠不自主地流口水、長眼翳、大片大片地掉毛，但是無論如何絕對不要任意改動家具的擺設位置，讓牠即使耳不聰目不明，都還能在安全的家中活動，更要用全部的愛心來照顧牠；如果真是病入膏肓，我們該果斷地讓牠安樂死，因為小牛是這樣聰明又驕傲的狗狗，牠一定無法忍受自己失去尊嚴的模樣、更無法忍受束手無策地躺在那裡，讓陌生的醫生護士擺弄。

即使這樣遙想時，都覺得心中千萬個不忍。

那般不忍的心，讓我在看了美國劇作家，同時也是諾貝爾文學獎、普立茲文學獎得主尤金‧歐尼爾的《一隻狗的遺囑》之後，幾乎落下眼淚。

　　我相信尤金‧歐尼爾不但是二十世紀最偉大的劇作家之一，他絕對是一個養狗、愛狗，並懂得憐惜狗的人。只有那樣憐惜的同理心，才能讓他用這樣精煉而淺顯的文字，寫下這一本感人至深的作品。

　　在書中，他用擬人化的筆法，揣摩一隻老狗的最後心聲，有一句話最令人動容，牠說：「我所能遺留的、最有價值的，只有愛和忠誠。」狗狗是這樣謙卑，但是讓我們想想，這世界上還有什麼東西比「愛」與「忠誠」更有價

值？更值得歌頌？是的，狗比人聰明，牠們懂得活在當下，牠們不會為了永遠帶不走的權力與金錢汲汲營營，牠們只分享現下的情感。

尤金·歐尼爾的《一隻狗的遺囑》，看似在寫狗，其實是在告訴我們「高貴的人類」，能夠交流的感情才是生命最大的追求。

這兩年來，往世界看，有殺戮的戰爭、如瘟疫的疾病；往國內看，有惡質的政客、吵不完的選舉，當我們急著舉起干戈向外撻伐的時候，我們的世界是否還是該有一些永遠不變的信仰？

像是愛與忠誠。

我的狗已經老了，也許有一天牠就會像尤金·歐尼爾筆下的老狗伯萊明那般，因為身體的沉重負擔而感受到生命即將走到盡頭。回

憶起自己的一生，也許牠心中還是會有一些小小的遺憾，而作為主人的我們並不知道，但是無論如何，我深信牠可以驕傲的是，即使到了最後的一刻，牠仍然擁有我全部的愛。

譯者的話

讀懂狗心

李漢昭

尤金‧歐尼爾是二十世紀美國最傑出的劇作家。我們熟悉他多以他那些影響深遠的經典劇本，但不曾想今天拿在手中這本感人至深的《一隻狗的遺囑》也是出自尤金‧歐尼爾之手，我不由得再次為他的才華而歎服。

很久以前，讀屠格涅夫的小說《木木》，小說中一個啞奴和一隻狗的生死相依，無言而又至深的交流，使我在那一刻確信，狗不再是一個低等的動物，牠也不僅是看家護院的惡犬或貴婦膝

上的寵物，牠同樣可以是窮人和奴隸的朋友，毫無勢利的義士，甚至是上帝的信徒。牠們忠誠、勤勞，但求付出不求回報。在世俗的人類身上，這些品德已經逐漸消失殆盡了，狗性中深具超凡的神性，而人性中卻潛藏著可恥的獸性。

在這個越來越世俗，越來越淡漠的現代社會裡，似乎所有的人都在講究效率，追求功利。為了追求所謂的物質文明，人們再沒有耐性坐下來互訴衷腸，人與人心靈之間的隔閡越來越大，此時，還有誰在保持著不變的忠誠呢？還有誰不嫌你貧窮、不嫌你醜陋、不嫌你疾病、不嫌你衰老呢？還有什麼值得你去傾注關懷，甚至喜歡你嘮叨，讓你喚之則來，呼之則去，不計較你的粗魯和無禮的對待，並無休止地

遷就你呢？

是啊，除了狗兒還有誰呢？

狗兒的要求最簡單不過了，牠雖然無法與人交談，卻懂得察顏觀色，歡喜時牠能與你一起歡呼雀躍，傷心失意時牠會舔拭你的涕泣，憤怒時牠可以當你的出氣筒。

其實，狗從遠古開始就伴隨著人類成長，並在危機四伏的世界裡守護著人的孤獨。

在所有的動物中，狗也許是與人類關係最密切的一種，同時牠又是最具靈性的尤物。牠帶著晶亮憂鬱的眼睛來到人間，感受人間的苦難和罪惡，也遭遇人的迫害與放逐，但牠始終是人類忠誠的朋友，義無反顧地追隨著人類的腳步，牠似乎永遠不會背叛人的情感……。

狗和我們人類一樣，都是地球生命的一部分，我們雖然沒有相同的血緣，卻有著相似的生活習性和豐富的情感。對狗類的瞭解通常也可視為對人本身的反觀，解析狗的意識、心理和情感，同時也可以說是人類對這個世界的進一步解讀和溝通。因此，《一隻狗的遺囑》中，蘊藏了無盡的知識和哲思。通過一隻瀕死的狗的寄語，我仿佛看見另一個沉默的族類，如影隨形地追隨著人類的腳步，用牠們特有的原始而豐富的肢體語言，書寫著牠們對人類深刻而真切的情感，而這一切卻全是我們所無暇顧及，或根本無視的狗的心理。

　　狗兒是我們最忠誠的僕人，最可信的朋友，為了鞏固我們之間的感情，牠們委曲求全，忍受

了太多太多的痛苦和哀傷，臨死還在感激著我們的收養。

我們認為上帝具有神秘而強大的力量，而狗卻把人類看成是具有同樣威力的自己的上帝，似乎人類所做的一切都具有正當的理由，即使人們不停地辜負牠們，背叛牠們、傷害牠們，但牠們卻永遠是人類最忠誠的僕人，毫無怨言地陪伴著我們的孤獨。正如同英國詩人亞歷山大·波普（Aiexander Pope）的名言：「凡人多犯錯誤，唯犬能見諒。」

這所有的一切都是狗兒對人類寬容的心態，讀懂了狗心，便洞悉了這個世界上被我們忘卻了的忠誠和仁愛，便也學會了接受別人或被別人接受。

那麼，做一個快樂的愛狗人不好嗎？

　　我認為，一本關於狗的書必須以人類的觀點出發，並藉以解釋狗的行為。尤金‧歐尼爾的《一隻狗的遺囑》雖只有幾千字，但卻感人至深，把人與狗之間這種感情的默契闡釋得淋漓盡致，難道不正是最完美的答案嗎？

　　行走在大街上，時常可見一些富態十足的玲瓏小狗在主人的腳邊憨態可掬地閒逛，但想到還有多少失去寵愛的狗兒野居於荒郊野外，忍受著寒冷和饑餓的折磨，心中不禁一番感歎。不同的狗有不同的狗命，其間的天壤之別又何異於人類！讀一篇優雅的關於狗的文字，反省一回百面人生，相信每個讀者都會各有一番見仁見智。

曾經有狗兒走進你的生命嗎？你給了牠一個什麼樣的命運？面對那一雙雙渴盼的眼神，你我可以只供溫飽、可以置之不理、也可以忍心拋棄，當然你也可以選擇自己成為愛狗族，自己當另一個伯萊明的主人 —— 只要你願意。

作家生平解析

尤金·歐尼爾
(Eugene O'Neill)

　　美國劇作家，一八八八年十月十六日生於百老匯與第四十三街交會處的小旅館。父母皆為演員，自小便帶著他跟隨劇團巡迴演出，直到他前往寄宿學校就讀時才結束他動盪的童年，但歐尼爾並沒有因此獲得安穩的生活。父親酗酒、母親嗜毒、兄弟早逝，種種不和諧的家庭關係讓他的求學生涯異常叛逆，於是當他就讀普林斯頓大學時，即因故在一年級時遭到退學，結束他短暫的大學生涯。

肄業後，歐尼爾求職際遇亦相當不順遂。他從事許多職業，包含船員和記者，最終在一九一二年才迎來職業生涯的轉捩點。那年他因肺結核住進療養院，出院後毅然決然地全職投入劇本寫作，此後一生創作了五十多部戲劇，分別因為其中四部劇作：《天邊外》、《安娜‧克里斯蒂》、《奇異的插曲》、《長夜漫漫路迢迢》，四度榮獲普立茲獎，並於一九三六年榮獲諾貝爾文學獎，成為第一位獲得此殊榮的美國劇作家。但他晚年因手部震顫而無法寫作，最終在一九五三年十一月二十七日因肺炎於波士頓喜來登飯店逝世。

美國舞臺劇並非歐尼爾創始，但他之於美國舞臺劇有著不可撼動的重要地位，因為他是第一位將舞臺劇視為文學的美國劇作家。在他的劇作

《天邊外》於百老匯上演前，百老匯的戲劇除了引進歐洲的優秀劇本外，都以情境劇與笑鬧劇為主。直到歐尼爾的作品搬上舞臺並且大放異彩後，自此開啓嚴肅戲劇的風潮，讓劇院成為發表嚴肅議題與思想的地方，為日後蓬勃發展的百老匯奠下深厚的基礎，因此尤金・歐尼爾被譽為：「美國戲劇之父」。

歐尼爾自身悲慘的際遇以及生命中種種的不幸，讓他的著作染上濃厚的悲劇色彩，於是死亡與哀悼成為他寫作不變的基調，本書《一隻狗的遺囑》也不例外。《一隻狗的遺囑》是他一九四〇年時，為安慰失去愛犬的妻子所撰寫的散文。全文揣摩愛犬的口吻娓娓道出自己對主人的感謝之情，並建議主人該如何面對他的離世，內容真

摯動人。這不僅僅是一篇哀悼愛犬與安慰妻子的
作品，同時亦藉著動物單純的心思，提醒世人最
應重視的事物，以及如何面對死亡和所愛之人的
消逝。

一隻狗的遺囑
The Last Will and Testament of
an Extremely Distinguished Dog

尤金・歐尼爾
Eugene O'Neill

我是席爾維丹尼·安伯倫·歐尼爾（家人、朋友和熟識我的人通常叫我伯萊明）。由於疾病與衰老使我負擔沉重，也讓我深感自己的生命即將走到盡頭，於是特地將自己的遺囑深藏在主人心中。直到我死後，主人才會發現這份遺囑就存放在他心靈的一隅。當他感到孤寂並想起我的時候，便會恍然察覺這份遺囑的存在。我期望他能將之銘記在心，當作對我的紀念。

I, Silverdene Emblem O'Neill (familiarly known to my family, friends & acquaintances as Blemie), because the burden of my years and infirmities is heavy upon me, and I realize the end of my life is near, do hereby bury my last will and testament in the mind of my Master.He will not know it is there until after I am dead. Then, remembering me in his loneliness, he will suddenly know of this testament, and I ask him to inscribe it as a memorial to me.

我實際能留下的物品很少。狗比人類聰明，
不會蓋大倉庫積存東西；也不會浪費時日貯藏資
產；更不會為了保存現有的或沒有的東西而煩惱
不已，擾亂睡眠。

I have little in the way of material things to
leave. Dogs are wiser than men. They do not set
great store upon things. They do not waste their
days hoarding property. They do not ruin their
sleep worrying about how to keep the objects they
have, and to obtain objects they have not.

因此，我所能遺留的、最有價值的，只有愛

和忠誠。於是我將僅有的一切留給所有愛我的

人，尤其是我的男主人與女主人，我知道他們對

於我的離世最為痛心，並且為此哀悼。

There is nothing of value I have to bequeath

except my love and my loyalty. These I leave to all

those who have loved me, especially to my Master

and Mistress, who I know will mourn me the most.

一隻狗的遺囑

我祈求我的男主人和女主人能永遠記得我，但不要過於悲傷。在我有生之年，我總在他們憂愁的時刻，努力撫慰他們，為他們的幸福增添歡樂。一想到自己的死亡將為他們帶來悲傷，就令我痛苦萬分。

I ask my Master and my Mistress to remember me always, but not to grieve for me too long. In my life, I have tried to be a comfort to them in time of sorrow, and a reason for added joy in their happiness. It is painful for me to think that even in death I should cause them pain.

我想讓他們明白，世上沒有一隻狗比我還要快樂（這完全歸功於他們對我的愛與關懷）。如今，我雙眼盲目、兩耳失聰，腳也瘸了，連嗅覺都失去了原有的靈敏，即使現在有隻兔子居於我的鼻下，我可能也不會知道，這讓我的自尊陷入病態且惶恐的屈辱之中。

Let them remember that while no dog has ever had a happier life (and this I owe to their love and care for me), now that I have grown blind and deaf and lame, and even my sense of smell fails me so that a rabbit could be right under my nose and I might not know, my pride has sunk to a sick, bewildered humiliation.

我感覺生命似乎在嘲弄苟延殘喘的我。在一切還沒影響到自己和所有愛我的人，並造成負擔之前，我該說再見了。

I feel life is taunting me with having over-lingered my welcome. It is time I said good-bye, before I become too sick a burden on myself and on those who love me.

一隻狗的遺囑

　　令我悲傷的不是死亡，死亡本身並不會帶來
悲傷，我悲傷的是，自己必須永遠離開深愛的
人。狗不像人一樣懼怕死亡，我們將死亡視為生
命的一部分，而不是摧毀生命的、怪異的、可怕
的東西。況且，誰能知曉死後的世界呢？

It will be a sorrow to leave them, but not a
sorrow to die. Dogs do not fear death as men do.
We accept it as part of life, not as something alien
and terrible which destroys life. What may come
after death, who knows?

一隻狗的遺囑

我情願相信那是一座天堂樂園。在那裡的每個人永遠年輕、精神飽滿；每一天都洋溢著歡笑和快樂，時時刻刻都能像用餐時間一樣充滿恩典，令人感到無比幸福。

I would like to believe that there is a Paradise. Where one is always young and full-bladdered. Where all the day one dillies and dallies. Where each blissful hour is mealtime.

在那漫漫長夜裡，將有無以計數的壁爐燃燒著永不熄滅的柴火，可以讓我蜷縮著身體，望著火焰眨眼，恍惚地進入夢鄉，回憶著塵世裡的美麗時光，以及男主人和女主人對我的呵護和關愛。

Where in the long evenings there are a million fireplaces with logs forever burning, and one curls oneself up and blinks into the flames and nods and dreams, remembering the old brave days on earth and the love of one's Master and Mistress.

一隻狗的遺囑

那些對我這樣的狗來說，或許是一種奢侈的期待。但我敢肯定，死後必將是個安寧的世界。讓我衰老疲倦的身心獲得平靜與安息，讓我在自己摯愛的土地上長眠。或許，這就是我最好的歸宿。

I am afraid that this is too much for even such a dog as I am to expect. But peace, at least, is certain. Peace and a long rest for my weary old heart and head and limbs, and eternal sleep in the earth I have loved so well. Perhaps, after all, this is best.

最後，我有一個誠摯的請求。我曾經聽女主
人說：「伯萊明死後，我不會再養別隻狗了。我
是如此地愛牠，我再也無法去愛別的狗了。」

現在，我得懇求她，因著對我的愛，再養育
一隻狗吧。從此不再飼養別隻狗，並不益於保有
與我的回憶。我期望的反而是，這個家庭會因為
我，無法過著沒有狗兒相伴
的生活。

One last request, I earnestly make. I have heard my Mistress say, "When Blemie dies we must never have another dog. I love him so much I could never love another one."

Now I would ask her, for love of me, to have another. It would be a poor tribute to my memory never to have a dog again. What I would like to feel is that, having once had me in the family, she cannot live without a dog!

我從來不是那種氣量狹小、嫉妒心

強的狗。我始終相信大多數的狗都是善

良的。

I have never had a narrow, jealous spirit. I have always held that most dogs are good.

我的繼任者也許無法像我年輕時一樣有教養、有禮貌，或是那麼地優秀、漂亮。因此，我的主人們千萬不可以過分強求。但是我相信牠一定會盡力而為，即使牠必然有一些缺點，但這些缺點會因為經常與我相比，而使人們對我的記憶常保如新。

My successor can hardly be as well bred or as well mannered or as distinguished and handsome as I was in my prime. My Master and Mistress must not ask the impossible. But he will do his best, I am sure, and even his inevitable defects will help by comparison to keep my memory green.

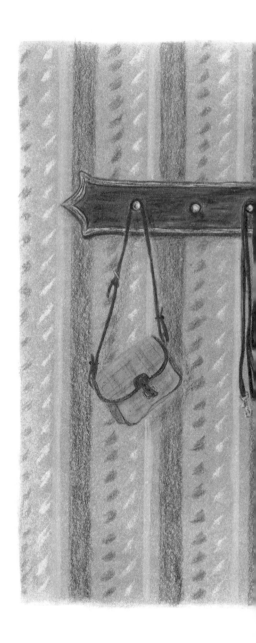

我把我的頸圈、牽繩、外套和雨衣留給牠。這些東西穿戴在牠身上，或許不如我穿戴時那般出色優雅，不像我可以引動眾人的讚歎，但我可以再三保證，牠一定會極盡所能讓自己看起來不像隻粗笨的、土氣的狗。

To him I bequeath my collar and leash and my overcoat and raincoat. He can never wear them with the distinction I did, all eyes fixed on me in admiration; but again I am sure he will do his utmost not to appear a mere gauche provincial dog.

一隻狗的遺囑

　　在這座農場裡，牠也許可以證明自己相當出色，在某些方面與我不分軒輊。我猜，至少和近幾年的我相比，牠跑的速度應該可以比我更接近長耳大野兔。

　　儘管牠不是那麼地完美，但我仍祝福牠在我的老家過得幸福快樂。

Here on the ranch, he may prove himself quite worthy of comparison, in some respect. He will, I presume, come closer to jackrabbits than I have been able to in recent years.

And for all his Faults, I hereby wish him the happiness I know will be his in my old home.

親愛的男主人和女主人，接著，是我臨別前
最後的一席話。

One last word of farewell, dear Master and
Mistress.

一隻狗的遺囑

每當你們來到墳前探望我時，請憶起我與你們長久相伴的幸福日子，並懷著遺憾但快樂的心情對自己說：「這裡躺著愛我們和我們所愛的朋友。」

Whenever you visit my grave, say to yourselves with regret but also with happiness in your hearts at the remembrance of my long, happy life with you: "Here lies one who loved us and whom we loved."

一隻狗的遺囑

不論我的睡眠將會多麼深沉，我都能聽見你們的呼喚，即使死神施展他所有的力量，也無法阻止我向你們搖尾表示感激之心。身為一隻狗，我唯一能做的就是愛著你們，直到永遠。

No matter how deep my sleep I shall hear you and not all the power of death can keep my spirit from wagging a grateful tail. I will always love you as only a dog can.

木木
Mumu

伊凡·屠格涅夫
Ivan Turgenev

木木

　黃昏時分，啞巴蓋拉辛沿著河邊緩緩地走著。

　突然，他發現靠近河岸的泥潭裡有一隻斑點狗正拚命掙扎，牠使勁地想爬出來卻又滑回泥沼，幼小的身子不停地瑟瑟發抖。

　蓋拉辛用手托起這隻不幸的小狗，把牠抱在懷裡，急急忙忙地趕回家。

　他回到自己居住的頂樓，把小狗放在床上，用厚大衣把牠蓋好，先取了一些稻草，又到廚房要了杯牛奶。他小心翼翼地展開大衣，鋪好稻草，最後把牛奶放在床上。

　這隻可憐的小狗才出生幾個星期，眼睛剛能睜開，還不知道如何從杯子裡舔牛奶，只是一個勁地發抖和眨眼。蓋拉辛輕撫小狗

Mumu

的頭，把牠的嘴巴貼近牛奶。小狗突然嘴饞
地舔飲著，一面用鼻子嗅聞，一面抖動小小
的身體，有時還會不小心嗆咳起來。

　　整個晚上，蓋拉辛堅持不懈地持續照護
著牠，一次又一次地給牠鋪稻草，擦乾身
體，最後他緊挨著小狗睡著了，睡得安靜、
快活而又香甜。

　　這世界上沒有一位母親照顧她的嬰兒，
像蓋拉辛照顧這隻小狗那樣仔細、用心。剛
開始牠的身體軟弱無力，模樣也相當難看，
但在蓋拉辛的努力下，牠日漸強壯起來，樣
子也好看許多。八個月後，這隻小狗變成了
一隻非常漂亮的西班牙品種狗。牠長著一對
長耳朵，一條毛茸茸、喇叭似的尾巴和一雙

木木

晶瑩的大眼睛。

這隻小狗和蓋拉辛結下了不解之緣，彼此相依為命，形影不離。蓋拉辛給牠取個名字，叫木木。宅邸裡其他的僕人也都很喜歡木木，也用這個名字稱呼牠。

木木聰明伶俐，無論跟誰都很要好，但是牠最喜歡的還是蓋拉辛。蓋拉辛也是，如果別人逗木木玩，他就會很不高興，天知道他只是擔心牠，還是其中也有嫉妒的成分。

每天早上，木木都會扯咬蓋拉辛的衣服，把他弄醒；牠和大院裡的老馬關係也不錯，還常常用嘴啣著韁繩，把馬帶到蓋拉辛的身邊。

牠總愛擺出一副神氣的派頭，陪著蓋拉

Mumu

辛到河邊去。牠還時常為他看守各種勞動工具，且絕不允許任何人擅闖他的頂樓。

為了方便木木出入，蓋拉辛在門上開了一個小洞，牠似乎也感覺到，唯有在頂樓，自己才可以自由自在地當家作主，牠一進屋就會心滿意足地跳到床上。晚上，牠似乎從來不睡覺，但也找不出確切的原因。牠從來不會無故亂吠，除非有生人走近圍牆，或者聽到可疑的響動。牠真是一隻了不起的看家狗。

木木從不進女主人的房間，蓋拉辛送木柴到女主人的房裡去時，牠就會停留在外，不耐煩地在臺階上等他，只要稍有一點開門的響動，牠便會豎起耳朵，把頭轉來轉去。

木木

　　然而在一個晴朗的夏天，身為女主人的老太太正和她的客人在客廳裡來回走動。她興致高昂，有說有笑。當她不經意地走到窗前時，一眼就看見木木正忙著啃咬一塊骨頭。

　　「哎呀，那是什麼狗！」女主人突然驚叫著，「這隻小狗怪好玩的，把牠帶進來讓我看看。」

　　女僕立刻跑到外面大聲說：「快來人，把木木弄進來。快點兒呀，斯傑班！」

　　這時蓋拉辛正在廚房敲打著一個水桶裡面的汙垢，就像小孩玩弄小鼓一樣。斯傑班用手勢告訴蓋拉辛，女主人叫自己把小狗抓回去給她。蓋拉辛有些吃驚，但還是把木木

喚了過來，親熱地抱起牠來，最後把牠交給斯傑班。

斯傑班將木木抱到客廳裡，輕輕地放在地板上。老太太開始用討好的聲音叫小狗到她的面前去。

木木從沒有見過如此豪華的房間，因此顯得十分害怕，最後決定朝門口衝去，試圖逃跑，但是斯傑班站在門口擋住了牠的退路，於是牠靠牆顫抖著，並縮成一團。

「木木，過來這，別害怕。」女主人高興地叫道。

但是木木還是侷促不安地向四處張望，動也不敢動。斯傑班拿來裝著牛奶的淺碟，放在木木的面前，但是木木卻不敢靠近，用

恐懼的目光四下張望。「你怎能不吃東西呢?」女主人伸出手來想摸摸牠的頭,沒想到,木木卻突然回過頭來,並露出了牠的牙齒。女主人慌忙地把手縮回去。

她發怒了,於是她說:「把這隻不知好歹的狗轟出去,牠真是太討厭了。」

第二天早晨,她把管家喚了過來。「那隻狗整夜汪汪亂叫,有打算讓我睡覺嗎?我們不是已經有一隻狗看守院子了嗎?怎麼還需要這麼多的狗呢?誰允許啞巴在院子裡養狗的啊?他養狗做什麼?我昨天看那條骯髒的狗在那裡啃咬著什麼髒東西,你知道我的玫瑰可就種在那裡啊!」

「今天就把那條狗弄走,聽見沒有?」

Mumu

女主人停頓一會兒後說道。

「是，太太。」管家點著頭，一點也不敢怠慢。於是管家對斯傑班吩咐了幾句後，斯傑班就笑著去辦了。

不到五分鐘，蓋拉辛肩上扛著一大捆木柴走了過來，身邊依然跟著形影不離的木木。他走到門口，側過身子，扛著木柴走進屋裡。木木照常在外邊等候自己的主人。斯傑班便趁這個機會，突然朝木木撲去，像老鷹抓小雞似地把牠按在地上，雙手抱了起來，一溜煙地跑向家禽市場。在那裡，他很快就將木木以半個盧布賣了出去，並叮囑買主一定得將木木看管好，或者弄得越遠越好。

木木

　可憐的蓋拉辛從屋裡出來，馬上就發現木木不見了。木木一向都在屋外等著他的，怎麼這次卻不見了？於是他四處亂闖，不停地尋找木木，還用他那特別的聲音叫著，他臉上的神情就如同自己的孩子走失一般，令人感到痛心。他衝到樓頂，又跑去放乾草的地方，還跑到街上四處張望。

　木木不見了，木木失蹤了！

　他向別的僕人打聽木木的消息，並露出一副非常沮喪的樣子，那悲痛的模樣，簡直無法形容。最後，他眼看在院子裡已經不可能找到木木了，便跑了出去。當他回來的時候，天早就黑了。從他那踉蹌的腳步，疲憊不堪的神態和滿身塵土的模樣來看，他可能

已經跑遍了半個莫斯科了。

人們望著他的背影，沒有人說半句話，也沒有人發出笑聲。第二天，與他比鄰而居的馬車夫告訴大家：「啞巴一整夜都在唉聲嘆氣啊！」

蓋拉辛從頂樓裡出來，已經是第三天早晨的事了。吃飯的時候，他沒有和任何人打招呼，他本就毫無生氣的臉，現在更像一塊冷峻的石頭了。吃完飯，他出去了一次，但很快就回來了。

夜晚，皎潔的月光灑了下來，蓋拉辛哀傷地躺在草堆上嘆氣，不時地翻了翻身。

突然，他感覺有個什麼東西在扯動他的衣服，他雖然大吃一驚，但也沒有起身去

看，而是把眼睛閉得更緊，但那個東西又扯了他一下，而且比上一次更加用力，於是蓋拉辛驚愕地跳了起來。

他清楚地看見木木在他面前打轉著，脖子上還留有一段繩子，面對木木，他那無聲的胸膛裡，長長地發出了一道深沉的歡呼。他激動地將木木緊緊摟在懷裡，並親吻著牠的鼻子和眼睛。他站在那裡想了一會兒，又向四處張望了一陣，確信沒有任何人看見後，這才將木木抱回頂樓。

其實，蓋拉辛早就猜到，木木絕不是因為迷路而失蹤，一定是女主人讓人把牠送走的，因為她曾對木木發了很大的脾氣。

蓋拉辛打定主意，使出一切辦法來對付

這個麻煩。他先拿一塊麵包餵了木木，又撫愛了牠一陣，才把牠放在床上睡覺。

這一夜蓋拉辛又失眠了，因為他不斷想著能將木木藏匿起來的方法。

後來他決定讓木木白天都待在頂樓，他會利用空閒的時間帶食物給牠，到了晚上再把牠帶出去嬉戲。天還沒亮，他便起身用舊大衣把門上的洞塞得緊緊的，然後像什麼事情也沒發生似的走到院子裡去。

木木回來之後，蓋拉辛幹起活來就更加賣力了，他把院子打掃得乾乾淨淨，並將雜草一根根拔光，就連女主人也誇獎他如何能幹，是個好人。就這樣，他白天偷偷地到頂樓上去看木木，到了晚上，就和牠一起睡

覺。唯有到了深夜，他才會帶牠出門，在新鮮的空氣裡漫步。但這可憐的聾子根本沒有料到，木木的叫聲早已洩露了天機。

　　那天，他領著木木走了很久，正打算回去的時候，木木被一陣響聲驚動並發出了尖利的吠聲。同一時間，那位女主人才剛剛入睡，突如其來的狗叫聲將她驚醒了，於是她大叫起來：「又是那隻狗，你們聽聽，那狗還在叫呢。」

　　管家大吃一驚，他惱羞成怒，立即吩咐其他人把全院的人通通叫醒，前來處理此事。

　　這時，那不幸的木木仍繼續叫著，蓋拉辛一直要牠離開，可牠就是不聽。蓋拉辛感

覺即將要出大事了，大禍即將臨頭。於是他抱起木木跑到頂樓，把自己和木木反鎖在屋裡。

在通往蓋拉辛頂樓的狹窄樓梯上坐著一個守衛，門口還有兩個人，手裡拿著棍棒。他們用拳頭擊門，並叫嚷道：「開門！」

突然，門一下子便敞開了，蓋拉辛站在那裡，一動也不動地望著他們。管家開始用手解釋，說明是女主人堅持要把小狗弄走，要啞巴立刻把狗交出來，否則他就要倒大楣了。蓋拉辛用手指了指小狗，用手比畫著，並在他自己的脖子上繞了一圈，好像是把一根繩索勒緊似的。彷彿意圖聲名自己願意一肩擔起處死木木的任務。管家一面看，一面

點著頭，表示同意。

　　蓋拉辛輕蔑地笑了笑，又拍了拍胸膛，然後砰的一聲把門關上了。木木一直都在他身邊站著，天真地搖著尾巴，露出疑問的表情。

　　過了一個鐘頭，蓋拉辛走了出來，他穿上最好的衣服，用一根繩子牽著木木，院子裡所有的人都默默地注視著他。

　　蓋拉辛帶著木木走進一間小飯館，他要了一份帶肉的菜湯，支著胳膊在桌子跟前坐下。木木在他的椅子旁站著，用牠那精靈般的雙眼，安安靜靜地望著自己的主人。牠身上的毛髮光亮亮的，明眼人都看得出，蓋拉辛才剛幫牠把身上的毛髮都好好地梳理了一

遍。他捏碎了些麵包放在湯裡，再把肉切碎，然後將盤子放在地上。

木木用牠往常的姿勢靜靜地吃著食物。蓋拉辛深情地望著牠，望了很久，突然他眼眶湧出了淚珠，一顆顆滑落，其中一顆掉在木木的額上，一顆掉在湯裡，他痛苦地用雙手摀住了自己的臉。

蓋拉辛仍舊用繩子牽著木木，不慌不忙地走著。半路上，他撿了兩塊磚頭挾在腋下。到了河邊，他帶著木木跳上一艘船，然後開始拚命地划，一會兒就划了幾百米遠，遠遠地將莫斯科甩在後邊。

他丟下槳，低頭去靠著木木，木木也面向他，並坐在小船的橫板上。

木木

　　最後，蓋拉辛站了起來，臉上流露著痛苦而憤怒的神色，他將繩子繫緊剛撿來的兩塊磚，又打了一個活結，再套在木木的脖子上，然後抱起木木舉至河面，最後又望了牠一眼。木木以信任的眼神看著自己最親近的主人，牠不但沒有絲毫畏懼，還一邊輕搖著自己的尾巴。

　　蓋拉辛撇過臉，痛苦地皺著眉頭，鬆開自己的雙手……。

　　他既聽不見木木掉入水中時那短促的慘叫，也聽不見河水濺起的聲響，對於他，這個世界寂靜無聲。

　　當他奮力睜開雙眼時，只見小小的浪花在河面上奔騰，碰在船舷上並飛濺開來，只

有在船後方很遠的地方，才有一個大圓圈，快速地向岸邊移動……。

監視蓋拉辛的園丁跑回家，向管家報告自己所見的一切。

「他果然把牠淹死了，太好了，現在終於可以放心了。」管家說。

深夜，一個高大的人影，背上扛著一個包袱，手裡拿著一根棍子，匆匆往城外走去，他就是啞巴蓋拉辛。

他挺起胸膛邁著大步，一雙眼睛貪婪地注視著前方……。

國家圖書館出版品預行編目 (CIP) 資料

一隻狗的遺囑（中英雙語典藏版）/ 尤金・歐尼爾（Eugene
O'Neill）著；劉慰慈繪；李漢昭譯 . -- 二版 . -- 臺中市：晨
星出版有限公司, 2023.07
　　面：　　公分 . --（愛藏本：119）
譯自：The Last Will and Testament of an Extremely
　　　　Distinguished Dog
ISBN 978-626-320-491-1（精裝）
874.57　　　　　　　　　　　　　　　112008738

愛藏本：119
一隻狗的遺囑（中英雙語典藏版）
The Last Will and Testament of an Extremely Distinguished Dog

作　　者 | 尤金・歐尼爾（Eugene O'Neill）
繪　　者 | 劉慰慈
譯　　者 | 李漢昭

執行編輯 | 江品如
封面設計 | 張蘊方
美術編輯 | 張蘊方
文字校潤 | 江品如、李迎華

填寫線上回函，立即
獲得 50 元購書金。

創 辦 人 | 陳銘民
發 行 所 | 晨星出版有限公司
　　　　　台中市 407 工業區 30 路 1 號 1 樓
　　　　　TEL:(04)23595820　FAX:(04)23550581
　　　　　http://star.morningstar.com.tw
　　　　　行政院新聞局版台業字第 2500 號
法律顧問 | 陳思成律師
服務專線 | TEL:（02）23672044 /（04）23595819#212
傳真專線 | FAX:（02）23635741 /（04）23595493
讀者信箱 | service@morningstar.com.tw
網路書店 | http://www.morningstar.com.tw
郵政劃撥 | 15060393（知己圖書股份有限公司）

初版日期 | 2004 年 01 月 31 日
二版日期 | 2023 年 07 月 01 日
二版二刷 | 2023 年 10 月 06 日
　ISBN | 978-626-320-491-1
　定價 | 新台幣 199 元

印　　刷 | 上好印刷股份有限公司

Printed in Taiwan, all rights reserved.

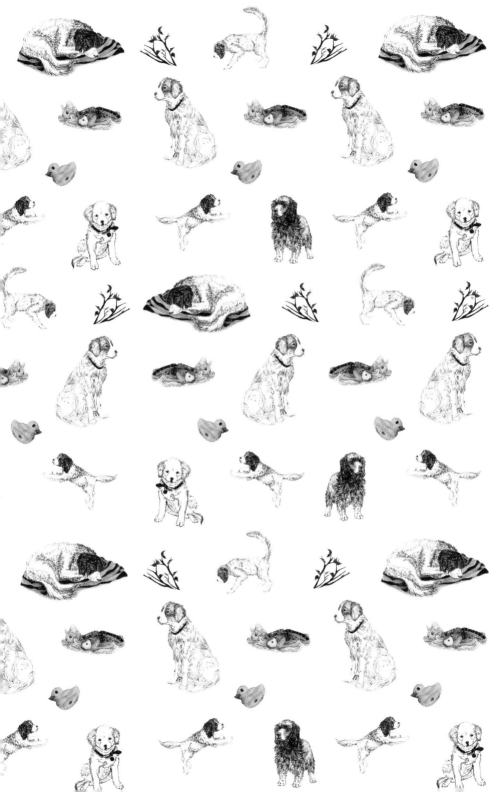

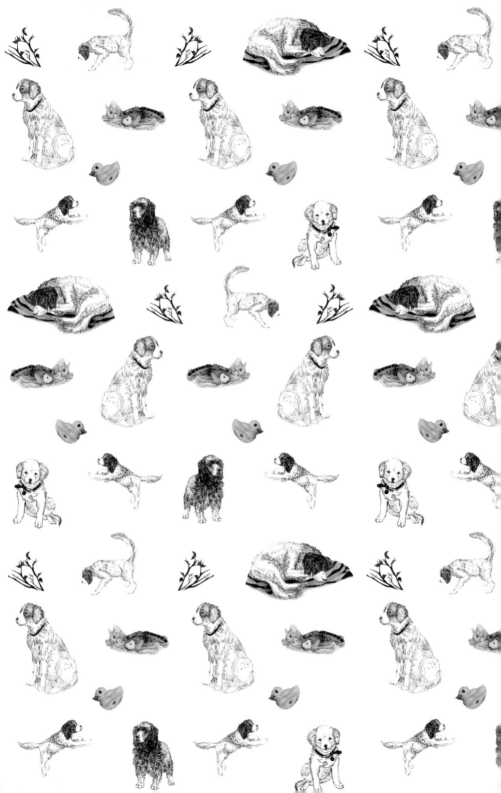